ILUSTRADORA *Ana Asprino*

Tati R. Lima

Menina para casar

LETRAMENTO

Copyright © 2023 by Editora Letramento
Copyright © 2023 by Tati R. Lima

Diretor Editorial Gustavo Abreu
Diretor Administrativo Júnior Gaudereto
Diretor Financeiro Cláudio Macedo
Logística Daniel Abreu e Vinícius Santiago
Comunicação e Marketing Carol Pires
Assistente Editorial Matteos Moreno e Maria Eduarda Paixão
Designer Editorial Gustavo Zeferino e Luís Otávio Ferreira
Ilustrações Ana Asprino

Todos os direitos reservados. Não é permitida a reprodução desta obra sem aprovação do Grupo Editorial Letramento.

Dados Internacionais de Catalogação na Publicação (CIP)
Bibliotecária Juliana da Silva Mauro - CRB6/3684

L732m	Lima, Tati R.
	Menina para casar / Tati R. Lima. - Belo Horizonte : Letramento, 2023.
	78 p. : il. ; 14 cm x 21 cm.
	ISBN 978-65-5932-337-1
	1. Literatura infantojuvenil. 2. Empoderamento. 3. Coragem. 4. Sonhos. I. Título.
	CDU: 82-93(81)
	CDD: 869.93

Índices para catálogo sistemático:
1. Literatura infantojuvenil - Brasil 82-93(81)
2. Literatura brasileira - 869.93

LETRAMENTO EDITORA E LIVRARIA
Caixa Postal 3242 – CEP 30.130-972
r. José Maria Rosemburg, n. 75, b. Ouro Preto
CEP 31.340-080 – Belo Horizonte / MG
Telefone 31 3327-5771

Para todas as garotinhas do mundo
Por todas as mulheres do mundo
— em especial, aquelas com quem
tive a sorte de conviver e aprender
Pela liberdade de Sonhar e Ser

SUMÁRIO

9	CAPÍTULO 1
13	CAPÍTULO 2
23	CAPÍTULO 3
29	CAPÍTULO 4
35	CAPÍTULO 5
41	CAPÍTULO 6
47	CAPÍTULO 7
55	CAPÍTULO 8
61	CAPÍTULO 9
67	CAPÍTULO 10
71	CAPÍTULO 11
77	AGRADECIMENTOS

CAPÍTULO 1

Mal desceu da perua escolar, Maria correu para a enfermaria. Entrou aos berros no departamento, localizado bem ao lado da biblioteca:

— Doutor André! Doutor André! O senhor PRECISA me ajudar!!!!

Dona Vicentina, que não estava à vista, materializou-se do nada, bloqueando a passagem da menina.

— Quem-você-pensa-que-é-para-entrar-aqui-dessa-forma? – disse pausadamente, como se estivesse saboreando cada sílaba que saía de sua boca.

Ela era diferente de todas as enfermeiras que Maria já havia conhecido. Não era muito alta, mas parecia mais forte do que muitos homens. Nunca tinha sido vista sorrindo e seu tom de voz, bem baixo, como um sopro, causava arrepios. Seus braços eram largos e curtos, enquanto seus passos eram espaçosos e pesados, ecoando pelos corredores da escola. Por isso, chamavam-na de T-Rex, o tiranossauro mais poderoso do cinema. Desde que fora contratada, ninguém mais ficava doente. Só que Maria, dessa vez, não tinha alternativa.

Durante muito tempo, ela ignorou os sinais. Tentou não se preocupar, mas os efeitos em sua vida não podiam mais ser ignorados. Havia chegado a hora de enfrentar aquela doença misteriosa. Se o preço a pagar fosse domar o T-Rex, ela correria esse risco. Afinal, Só o Doutor André poderia socorrê-la.

— Deixe-a entrar, Vicentina. Não vê que a pobre está aflita? – gritou o médico, após longos cinco segundos de silêncio e de troca de olhares entre a ameaçadora enfermeira e a garotinha.

Maria não esperou a reação de Dona Vicentina. Em um movimento rápido, driblou a T-Rex, correu para o consultório e fechou a porta, não sem antes enviar um olhar petulante de vitória para a enfermeira que queimava de raiva.

— Sente-se, Maria. Respire fundo e me conte: o que você está sentindo?

Dr. André era o oposto de Dona Vicentina. Parecia até aquele moço que lia as notícias na TV: tinha uma faixa de cabelos brancos no topete e estava sempre arrumado, com a camisa e a gravata cobertas por aquele jaleco branco cheio de desenhos. Falava pausadamente e tinha sempre uma balinha escondida em uma de suas gavetas.

— Doutor, eu tenho uma doença grave.

Ele pareceu tomar um susto com a revelação da garotinha.

— Como assim uma doença grave, Maria? Não há nada preocupante no seu prontuário, nenhuma notificação dos seus pais...

— É porque eles mantêm segredo. Eles não querem que eu saiba, não querem que NINGUÉM saiba. Só que eu descobri! E sei que não é normal o que tenho!

O médico levantou-se da cadeira e, enquanto contornava a longa mesa envernizada, disse:

— Maria, você está muito alterada! Tome um pouco de água e me deixe examiná-la.

Entre soluços, a garotinha esvaziou o copo de plástico e se dirigiu à maca. Tomou um susto quando Dona Vicentina abriu abruptamente a porta e fixou os olhos nela.

— Está tudo bem aqui, Doutor? Essa menina não está incomodando?

Doutor André nem chegou a olhar para ela.

— Está tudo bem, Vicentina, obrigado. Avise-me, por favor, se houver alguma mensagem dos pais de Maria e notifique a professora dela sobre o atraso.

Dona Vicentina não gostou da resposta. Resmungou algo e bateu a porta com força.

— Vamos lá, Maria. Vamos descobrir o que é que você tem. – disse o médico – Comece dizendo AAAA para mim.

O exame durou alguns minutos: ele olhou a garganta e os ouvidos; tirou temperatura; apertou seu pescoço; espiou dentro dos seus ouvidos; escutou seu coração e também as suas costas. Ao final, pediu que subisse na balança.

— Aparentemente, não há nada de errado com você. O que é que você está sentindo mesmo?

Sem olhar para o especialista, Maria começou:

— Eu... eu... eu sou... eu sou "menina pra casar".

O silêncio tomou conta do consultório. Doutor André demorou um pouco para reagir, confirmando na cabeça da garotinha de seis anos o triste diagnóstico. "Nem ele esperava que uma menina tão jovem e saudável estivesse com os dias contados", pensou. O gelo foi quebrado pelo médico.

— O que é que você disse? Acho que não entendi bem, Maria. O que você está sentindo?

— Sou menina pra casar, doutor. – dessa vez em alto e bom som, porque já estava cansada de sofrer calada. – Eu sei que é sério! Não me esconda nada! Eu não aguento mais viver assim! – bradou, escondendo o rostinho já vermelho e inchado entre as mãos.

O drama da confissão inesperada foi quebrado pela alta gargalhada do médico. Doutor André chegou a segurar a barriga e a se apoiar na mesa para não perder o equilíbrio.

Maria não podia acreditar! Coçou os olhinhos, de tão incrédula com a cena – como ele podia rir assim?

A ordem foi restabelecida quando Dona Vicentina abriu novamente a porta, também atraída pelo inesperado barulho que saía de dentro daquela sala. O médico se recompôs, entregou um lenço para a Maria, agachou na sua frente e disse olhando nos seus olhos:

— Vai ficar tudo bem, menina. Como diria minha avó, quando casar, sara. Você não precisa de outro medicamento.

"CASAR?? Até ele???", pensou Maria.

A inesperada prescrição médica foi seguida de um beijo na testa da garotinha, impávida com a situação. Doutor André também deixou estática a T-Rex, que ganhou um tapinha no ombro e o seguinte comentário:

— Eu adoro esse trabalho. Você não, Vice?

CAPÍTULO 2

Maria saiu da enfermaria direto para o banheiro, contrariando as ordens de Dona Vicentina. Entrou derrubando as portas e buscou refúgio no terceiro cubículo. Sentou-se no vaso e disparou a chorar, sentindo-se ainda mais desesperada, completamente sem esperança. As perguntas enfileiravam-se em sua mente fértil: por que o Doutor André, sua única salvação, reagira daquele jeito? Será que a sua doença não era no corpo? Seria na cabeça? Seria ela louca? Por que ela tinha que se casar?

Ela se recordou, então, de ter visto na televisão a história de um lugar para onde os loucos eram levados. Eles ficavam isolados das suas famílias, usavam roupas feias, admiravam o nada, falavam sozinhos, criavam histórias... BINGO! Era isso!

É verdade que a menininha também adorava histórias. Gostava quando liam para ela, escutava escondido o que o papai e a mamãe compartilhavam com os amigos sobre suas viagens e trabalho, curtia filmes e desenhos. Já tinha visto mais de 50 vezes o da Princesa Elsa, que teve que se isolar de todo mundo só porque era diferente. Contudo, o seu preferido era o da lutadora que se fingia de menino e ia à guerra defender a honra da família.

Naquele momento de desespero, fazendo conexões meio sem sentido, Maria se deu conta de que, assim como os loucos, ela também gostava de inventar histórias. Só que ela achava que só a Bete e o Fernando, seus melhores amigos, sabiam disso. Às vezes, ela contava uma ou outra para a vovó só para animá-la. Afinal, ela estava sempre quietinha, vestida com roupas escuras e parecendo meio triste. Era esse o jeito de Maria de animá-la. "Será que os meus pais perceberam e querem evitar que eu seja levada para bem longe?", questionou-se. Só a possibilidade de viver sozinha em uma colina gelada revirou ainda mais o estômago da menina.

A batida de uma porta fez com que Maria despertasse do seu delírio. Ela já não estava mais sozinha no banheiro feminino. Decidiu que era melhor que ninguém mais soubesse que ela era doente. O mundo já estava difícil demais.

Maria, então, assoou o nariz e correu para a sala de aula. Estranhou quando a classe inteira olhou espantada para ela. "Será que todos já sabem?", pensou. Seus olhos já estavam cobertos de lágrimas, quando a Professora Letícia puxou sua mão.

— Venha, Maria. Sente-se com a Bete e tente acompanhar a lição. Conversamos depois.

Enquanto se dirigia à carteira, a amiguinha abriu espaço para acolhê-la.

— Eu não sabia que você estava doente. É grave?

Maria nada disse; só confirmou com a cabeça, enquanto escondia com a mãozinha uma lágrima que teimava em cair do cantinho do olho direito.

Aquele definitivamente não seria um dia como os outros. Seu coração estava apertado e sua mente bem longe daquela sala tão colorida e cheia de vida. Sentia-se oprimida pelos olhares daqueles que chamava de amigos.

Maria sempre adorou ir para a escola. Esperava com ansiedade o início do ano letivo – separava as canetinhas, apontava os lápis e sempre cometia a extravagância de pedir uma mochila e mais um estojo para os pais. Ela não ligava para esmaltes, presilhas e até maquiagem como algumas de suas coleguinhas. Contentava-se em alisar o uniforme novo e contar os dias para o grande dia.

Ela morava em um condomínio muito distante da cidade. A mãe dela sempre dizia que aquele era o cantinho mais seguro do mundo. O pai de Maria não parecia gostar muito de lá. Levava quase duas horas para ir e voltar do trabalho, o que o deixava irritado, arranjando briga com quem encontrasse pela frente. No final, concordava que não havia lugar melhor para os seus filhos do que dentro daqueles muros altos. "Eles não estão isolados", repetia à mãe de Maria, "só crescem protegidos, em uma comunidade saudável."

A garotinha não entendia o que de tão feroz existia no mundo. Ela adorava o barulho, o movimento, as cores e os cheiros. Um dia, durante uma excursão da escola ao zoológico, ela chegou a pensar que vivia enclausurada como o leão. Só que nem os muros da cela dele eram tão altos quanto os do condomínio. Embora estivesse acostumada, a vida lá era sempre igual: das paisagens à rotina, tudo sempre previsível e controlado.

Ela morava em uma das seis torres residenciais, rodeadas por uma enorme piscina, como aquelas dos Jogos Olímpicos. A área de lazer se estendia por toda a área térrea, incluindo os espaços das torres, formando uma pequena cidade. Havia academia, estúdio de balé e de artes marciais, quadras esportivas, padaria, farmácia, salão de jogos, lavanderia, cinema, escola de inglês, biblioteca, entre outros serviços e facilidades. Maria e seus irmãos só tinham autorização para deixar aquele território vigiado para ir à escola; as demais atividades – físicas, artísticas, esportivas ou até reforço escolar – eram realizadas dentro da fronteira.

Por isso, a menina adorava quando Nivaldo, o motorista, chegava para levar a criançada do condomínio para a escola. Ela se sentava bem ao lado dele, para poder degustar do mundo. Com aquela visão privilegiada, notava o modelo dos carros, o semblante dos motoristas, as cores dos muros, a agitação nas calçadas. Distraía-se com as histórias de Nivaldo, com quem também compartilhava geralmente o que aprendia na sala da Professora Letícia.

Naquele dia fatídico não foi assim. Maria não prestou atenção ao que Nivaldo dizia, embora ele tenha protestado mais de uma vez. Pudera! A menina passou o caminho todo sem fazer uma só pergunta!

Na sala de aula, ao lado da melhor amiga Bete, ela tentou acompanhar os exercícios passados pela professora, mas sua mente não respondia. Sua letra, sempre tão caprichada, saía tremida, acompanhando as batidas do seu coração. Ele até parecia ter saído do lugar – tinha saltado para a garganta!

Foi o dia mais longo da sua vida. Aquelas horas pareceram a mais terrível punição para Maria. Ela não era muito levada, mas já tinha ficado de castigo algumas vezes. Uma vez ela não pôde brincar com Bete e Fernando durante uma tarde inteira; na outra, ela foi proibida de dizer qualquer palavra o dia todo. Só que nada, N-A-D-A!, se comparava àquele momento.

Quando o sinal finalmente tocou, anunciando o intervalo, ela bem que tentou escapar rapidamente para o recreio, mas a Professora Letícia foi mais rápida. Pediu-lhe que esperasse e, somente quando a sala ficou vazia, não restando mais ninguém além das duas, disparou:

— O que aconteceu, Maria? Soube que estava na enfermaria, depois você aparece aqui com cara de choro e não faz um comentário sequer durante a aula. Cadê a minha menina tão alegre e participativa?

Sentada à frente da professora, a garotinha nada respondeu. Com os olhos baixos e quase sem vida, limitou-se a agitar a cabeça. Letícia insistiu:

— Você pode confiar em mim. O que acontece aqui e aqui? – disse apontando para a cabecinha e depois para o coração de Maria.

— A senhora não vai entender. Ninguém entende.

— Por que você não me dá uma chance? Depois de tanto tempo juntas, eu não mereço esse voto de confiança?

Pela primeira vez, Maria ergueu os olhos e encarou a professora. Rendeu-se ao bom argumento, mas colocou sua condição.

— A senhora promete me dizer a verdade?

— Eu prometo ouvi-la e fazer tudo ao meu alcance para ajudá-la.

A garotinha pensou por uns dois minutos, ponderou a resposta, tomou fôlego, e diante do olhar encorajador da professora, disparou:

— Eu achava que tinha uma doença muito grave que nem a do vovô. Ele não pode fazer nada, nem brincar com os amigos ou comer torresminho e qualquer comida que tenha gosto. Ele até já chorou porque não quer viver assim, com todo mundo mandando nele. Eu achei que esse também era o meu problema, mas não é. É mais grave. Eu vou ser mandada para bem longe. So-zi-nha.

A Professora Letícia lecionava há mais de dez anos e nunca havia escutado uma história como aquela.

— Explique-me direitinho isso, Maria. O que é que você tem?

A garotinha encolheu-se diante da pergunta, que parecia drenar todas as suas forças.

— O Doutor André riu de mim.

Pacientemente, a professora encostou no queixo de Maria, olhou bem para os seus olhos e disse:

— Prometo que não vou rir de você.

Maria tomou fôlego e disse:

— Eu sou "menina pra casar".

A professora ainda esperou mais alguns minutos, esperando por algum comentário adicional.

— Essa é a sua doença? – questionou afinal, esforçando-se para cumprir a promessa que tinha feito pouco antes.

— Sim.

— E por que você acha que isso é uma doença, Maria?

— Porque, assim como o vovô, eles não me deixam fazer nada que eu quero.

A garotinha começou, então, uma longa lista:

— Eu fui para a praia e não podia pegar onda, porque sou "menina pra casar". Eu odeio fazer bolos e castelos de areia. O-D-E-I-O! Queria usar shorts sem camisa, mas "menina pra casar" usa vestido. Como eu posso brincar assim? Não posso empinar pipa ou jogar futebol, não posso nem me sentar no chão. Comer coxinha de frango com as mãos está proibido e também brincar com carrinho, aprender a lutar, subir na árvore, fazer guerrinha de papel e tocar violão. "Menina pra casar" tem que aprender a costurar, dançar balé e tocar piano. Precisa ter dedos finos, postura e gosto refinado. "Menina pra casar" precisa comer direito e ter modos à mesa. Eu-não-quero-ser-menina-pra-casar!!!

Na medida em que a lista aumentava (e parecia não ter fim!), Maria ficava mais vermelha e sua voz, mais alta. A Professora Letícia tentou acalmá-la.

— Acalme-se, Maria. Acho que já entendi onde você quer chegar. Você não faz o que quer...

A garotinha interrompeu a professora:

— ... PORQUE SOU "MENINA PRA CASAR"!!!

Letícia até se assustou com o agudo.

— E tem mais!

— Mais? – repetiu a Professora Letícia.

— Eu sempre achei que era uma doença igual à do vovô, mas hoje eu descobri que é mais grave.

— Por que você diz isso, Maria?

— Porque o Dr. André me examinou e disse que não tenho nada.

— E isso não é bom? Não te deixou tranquila?

— Não. O vovô tem problema no coração, todo mundo sabe. O meu está normal.

Ela baixou, então, o tom de voz.

— Só pode ser na minha cabeça.

— Como assim? – Letícia sentia dificuldade às vezes para acompanhar o raciocínio daquela garotinha de seis anos. – Você sente dores na cabeça?

— Não. Eu aposto que a mamãe e o papai não querem me contar que sou louca. Eles não conseguem admitir. Eu sou diferente das outras meninas.

— E é mesmo, Maria.

A garotinha ficou tão chocada com o comentário da professora que seu queixo caiu. Ela pediu honestidade, mas não estava esperando tanta.

Letícia completou:

— Você não é igual às outras meninas. Ninguém é. Todo ser humano é único, não tem um igual ao outro. Veja os seus pais, eles não são diferentes na aparência e no jeito? E os seus irmãos? Cada um não tem um gosto e um temperamento? Essa diferença entre as pessoas é parte da graça da vida, Maria.

Letícia puxou as mãos da menina para si:

— Agora preste bem atenção no que vou te dizer.

A professora nem precisava pedir, pois Maria nem piscava.

— Não há nada de errado em ser diferente, nada de errado em ter outros gostos, nada de errado em ser...

A pausa da professora fez o coração de Maria saltar da garganta para a cabeça.

— ... "menina pra casar"!

Maria franziu a testa. Ela também sentia dificuldade em acompanhar o raciocínio da professora às vezes.

—... desde que esse seja o seu desejo. – completou, enfim. – E isso é algo que você decidirá lá para a frente, daqui a muitos anos.

A garotinha chacoalhou a cabeça, bagunçando ainda mais sua cabeleira encaracolada.

— Eu não estou entendendo nada, tia. Não é ruim então?

A Professora Letícia retomou sua explicação:

— Não, não é ruim e muito menos é uma doença. "Menina pra casar" é uma expressão usada há muitos anos, desde que a minha avó tinha a sua idade. A sociedade sempre esperou e até exigiu das meninas e mulheres um comportamento e uma linguagem diferentes. Enquanto os meninos sempre tiveram total liberdade e são até desculpados por seus excessos, nós, mulheres e meninas, sempre fomos incentivadas e vigiadas para "andar na linha", sob a ameaça de mal julgamento, de ficar malfalada. Por isso, vontades e direitos eram suprimidos. Com o passar do tempo, muita coisa mudou – e para melhor. As mulheres hoje votam, são independentes financeiramente, saem de casa sozinhas. Há ainda um longo caminho para que termos os mesmos direitos que os homens. Do outro lado do mundo, por exemplo, há hoje menininhas da sua idade impedidas de ir à escola.

Maria esbugalhou os olhos.

— Mas por quê?

— Porque vivem sob regimes que não reconhecem os seus direitos. Já pensou como seria não poder aprender e desenhar com os seus amiguinhos?

Maria pulou no pescoço da professora.

— Não quero nem pensar.

Letícia a abraçou.

— E não precisa. O importante é você entender que não está doente nem maluca. Seus pais simplesmente expressam um desejo. Você é linda, tem muitos talentos e pode atrair um marido lindo um dia, se assim quiser.

A professora mal finalizou a frase e o sinal ecoou, informando o fim do recreio.

— Agora corra, Maria. Eu lhe darei uns minutinhos extras, mas não conte para ninguém.

A garotinha beijou a professora e sorriu em cumplicidade. Parecia aliviada, mas ainda com os pensamentos em desordem. Sentia-se anestesiada diante de tanta informação: não estava doente, não era louca, meninas sem estudo, direitos e privilégios.

Nitidamente preocupados com a amiga, Bete lhe deu um chocolate de presente, enquanto Fernando lhe contou uma história sobre o seu gato. Maria esforçou-se para acompanhar tudo. Não deu muita atenção à leitura do dia e suou para resolver uma conta de matemática. No caminho para casa, sentou-se quieta ao lado de Nivaldo, driblando todas as tentativas do motorista de puxar conversa. Disse a ele que sentia dor de cabeça. E sentia.

Até o almoço tinha perdido o sabor naquele dia – e, olha, que a mãe dela havia preparado o seu prato predileto: macarrão com almôndegas. A falta de apetite da filha, que rolava os bolinhos de carne de um lado para o outro, incomodou Dona Helena.

— Já expliquei que é feio brincar com comida, Maria. O que aconteceu? Comeu bobagem no recreio ou no trajeto?

— Não, mamãe. Não tenho fome.

— Desde quando? Está sentindo alguma coisa?

A menina fez que não. Enquanto passava os dedos pelo rosto e cabelos da neta, Dona Esther disse:

— Deve ser o calor. Está muito quente lá fora. Faça como a vovó: uma boa soneca revigora qualquer um.

Maria retirou-se silenciosamente da mesa e foi seguida por Bia, a vira-lata caramelo adotada pela família há dois anos. A menina seguiu a recomendação da avó à risca: nem tirou o uniforme e já se jogou na cama. Ao aninhar a cachorrinha em seus braços, disse:

— Não entendo mais nada, Bia.

Emocionalmente exausta, a garotinha caiu imediatamente em sono profundo.

CAPÍTULO 3

Maria nem imaginava quanto tempo tinha dormido. Quando abriu os olhinhos, percebeu que não estava em casa, muito menos na sua cama. Estava sozinha, em um lugar estranho, vazio e escuro, com uma iluminação feita por um refletor que ela não sabia de onde vinha. O chão era de areia grossa e minúsculas pedrinhas. Não havia grama nem flores.

A menina percebeu que os seus movimentos eram lentos, talvez pelas roupas que usava. Mas… que roupa era aquela? Parecia pesada, mas não era. As mangas eram estufadas, assim como as pernas da calça. Cobriam todo o corpo de forma que nem seus dedinhos ficavam de fora. Usava luvas e botas. Tentou dar um passo e… deu um salto. Sem impulso algum!

Maria começou a gostar daquilo. Saiu andando, ou melhor saltando!, por aí. Seu peito estava cheio de fôlego e de alegria. Era muito divertido! Ela sentia-se livre! Nada mais tinha importância – até uma voz estranha soar no seu ouvido:

— Senhorita Maria, hora de retornar à nave.

Seu corpo começou, então, a ser puxado para o refletor de luz. A intensidade era tão brilhante que ela tinha medo de ferir os olhos. Atrás do refletor, Maria viu uma escada que levava para a nave. "Estou na Lua", pensou.

Não foi fácil se mover com aquela roupa. Ela não tinha total controle dos seus movimentos. Quando chegou no alto, a porta se fechou automaticamente atrás dela e a mesma voz anunciou:

— Pode tirar o capacete.

Maria não se lembrava de já ter estado ali, mas aparentemente ela sabia o que fazer. Retirou o capacete, tirou a roupa e quando se olhou no espelho levou um susto!

Viu uma moça de grandes olhos aveludados, com muitas pintinhas cobrindo as bochechas e um cacho encaracolado escapando do coque. Aproximou-se mais e observou cada detalhe daquele rosto até encontrar uma cicatriz debaixo do queixo. Ela não tinha mais dúvidas! Era ela mesma! A Maria! Aquela marca era a prova da maior aventura de sua vida.

Quando tinha cinco anos, Maria foi para um hotel fazenda com os pais e os irmãos. Que lugar! Lá ela encontrou o parquinho o mais divertido de toda a sua breve vida: cheio de brinquedos, escorregadores, casa na árvore... Era o paraíso!

Um dia, enquanto a família descansava, ela saiu do chalé e foi sozinha brincar. Encontrou lá uma menina mais velha que a chamou para o gira-gira, para o balanço e, finalmente, para a gangorra. Enquanto ria com a amiguinha, que tinha duas vezes o seu tamanho, ela escutou um trovão:

—MARIIIIIIAAAAAAA!!!!

Era o seu pai. E ele estava furioso!

Seu susto foi tão grande que ela caiu da gangorra. Ainda se recuperava do tombo quando viu a família correndo em sua direção. Ela nem percebeu quando o seu assento se levantou, acompanhando o movimento da amiga que fugira assustada. A madeira atingiu em cheio o queixo de Maria, que caiu completamente nocauteada.

Caiu em um sonho estranho. Enquanto sua mandíbula queimava, ela fazia força para abrir os olhos e só conseguia perceber a expressão de horror dos irmãos, o desespero nos olhos da mãe e os gestos frenéticos do pai. Ele parecia gritar, mas parecia que alguém tinha lhe tirado o som. Em meio a tanta dor e confusão, Maria desmaiou.

Quando acordou, pouco se lembrava. Soube pelos irmãos que era a culpada pelo fim das férias.

— Um rosto tão lindo já marcado. – murmurava a mãe.

— O que isso importa? – replicava o pai. – Poderia ter acontecido algo mais grave!

— Mais grave? Ela só tem cinco anos e já tem uma cicatriz. Como será daqui a mais 10, 15? Ela é uma "menina pra casar", não pode ter o rosto e o corpo coberto por cicatrizes. Quem vai ficar com ela "desse jeito"?

No último ano, Maria examinou várias vezes aquela cicatriz. Ela amava muito o papai e a mamãe, mas discordava deles: aquela era a sua marca da coragem. Ela sobrevivera! E a prova disso estava bem, no queixo daquela moça no espelho.

De repente, tudo ficou preto e Maria começou a ser sacudida. Seria terremoto? Seria uma turbulência?

— Maria, acorde. Você dormiu a tarde inteira!

Era a voz da sua mãe. Com dificuldade, a garotinha começou desgrudou os olhos e a boca do travesseiro. Já estava no seu quarto novamente.

— Vamos, levante-se e vá para o balé! Você precisa de exercícios!

Maria tentou protestar com a voz mais doce do mundo:

— Eu preciso mesmo ir, mamãe?

— Que pergunta é essa? Eu não criei filha preguiçosa. Além disso, você é "menina pra casar", precisa de postura, ser leve e ter encanto, ou nenhum menino vai se interessar por você. Vamos! Chega! Já fui boazinha demais com você hoje.

Maria levantou-se desanimada, como se estivesse vivendo um pesadelo. A cachorrinha Bia também se alongava em um canto do quarto, aparentemente tão decepcionada pelo fim do sossego quanto a dona.

Garotinhas de várias idades participavam das aulas de balé do condomínio. Maria estava no grupo intermediário: não era a mais nova nem a mais velha; não era a estrela, mas também não prejudicava a performance. Boa parte do tempo passava despercebida pela professora Meire. Ex-bailarina, ela era alta e tinha as mãos longas e os pés sempre voltados para fora.

O grupo era composto por quase 20 meninas, que passavam o ano inteiro ensaiando a coreografia da festa de Natal do condomínio. Para Maria, aquela rotina era repetitiva, chata e sem emoção. Nem a roupa a encantava – aquele tradicional collant rosa, o tutu, meia-calça e sapatilhas. Sem contar o coque, preso com tanta força no alto da sua cabeça, que parecia esticar seus pensamentos até a lua. Aliás, o traje todo parecia pesar mais em Maria do que o uniforme usado para conhecer o satélite.

— MARIIIIAAAA!!! EU NÃO VOU CHAMAR OUTRA VEZ – berrou a mãe de algum lugar da casa.

Prevendo confusão, Bia saiu correndo. Foi seguida por Maria, que acabou se desviando do trajeto ao ouvir o vovô reagindo a uma notícia da televisão.

— É isso que dá! Em vez de se casar, decidiu voar e morreu sozinha. Bem-feito!

Voar?

Maria ficou curiosa e entrou no quarto do vovô. A reportagem informava que os ossos encontrados em uma ilha do Pacífico em 1940 eram mesmo da aviadora Amelia Earhart. A descoberta pôs fim a um mistério que se estendia há décadas. Em 1937, a americana havia decidido rodar o mundo sozinha e nunca mais fora vista.

Maria ficou entorpecida com aquela notícia. Uma mulher... voado... sozinha... mundo. Pode?

Foi tirada do transe pela mãe, que praticamente a arrastou pelo coque até o elevador. Colocou o dedo na sua cara e disse:

— Pelo seu próprio bem, é melhor você voar para a aula.

A menina até apressou o passo, mas aquela história não saía da sua cabeça. Todas as outras emoções que sentia foram deixadas para trás. Estava tão distraída que tropeçou em Dona Risoleta, a moradora do 61 que passava as tardes lendo pelo condomínio.

— Onde está sua cabeça, menina? – perguntou com a voz rouca e imponente.

Diziam que a Dona Risoleta era a moradora mais velha, não só do condomínio, mas de todo o bairro. Já tinha feito a curva nos 100 anos e continuava firme e forte. Usava sempre um conjunto estampado de saia e blusa, que chamava ainda mais atenção pelos maiores peitos que Maria já vira. Estava sempre muito maquiada, gostava de perfumes fortes e usava anéis espalhafatosos nos dedos das mãos. Morava sozinha, acompanhada de uma enfermeira, que lhe servia remédios, chá e até vinho, onde quer que estivesse. Não tinha muitos amigos e nem parecia se importar com isso – afinal, os livros não a deixavam sozinha. O avô de Maria dizia que a velha senhora era tão insuportável que o marido morreu cedo e os filhos caíram no mundo. A avó, mais ponderada, dizia que o marido era implicante, mas a verdade é que nem ela chegava perto de Dona Risoleta.

— Res-pon-da! – ordenou a senhora, sem elevar a voz. – Estava pensando em quê?

— Na aviadora.

— Que aviadora? Que história é essa?

— Eu escutei na TV. Ela voou para longe e morreu sozinha. O vovô disse que a culpa foi dela que não quis se casar.

A velha espumou de raiva.

— Ora, não ouça as bobagens daquele bode velho do seu avô.

Maria abaixou a cabeça, sem saber como reagir. Seu avô era velho mesmo e até rabugento, mas não bodejava, não.

— Você deve estar falando de Amelia Earhart. – continuou Dona Risoleta – Ela foi uma das mulheres mais fascinantes que já passaram por esse planeta.

Os olhos de Maria acenderam de curiosidade com aquela revelação.

— Nunca ninguém te contou essa história, menina?

Maria balançou a cabeça.

— Imbecis! – reagiu sem medir as palavras Dona Risoleta – O que é que ensinam para as crianças hoje em dia? Venha cá, menina. Aproxime-se.

Maria deu dois passos e foi agarrada pelas mãos gigantes e ossudas da senhora. Com a voz baixa, criando um clima de conspiração, disse:

— Esteja amanhã às 17h na biblioteca. Toda menina precisa saber quem foi Amelia Earhart.

Percebendo que a garotinha estava enfeitiçada, Dona Risoleta a chacoalhou e disse:

— Não se atrase um minuto, entendeu? Meu tempo é precioso demais!

Com essas palavras, ela soltou Maria e finalizou:

— Agora vá, menina. Vá fazer as piruetas que gosta. Eu estou em um pedaço bom demais do meu livro.

Maria voou para o estúdio da professora Meire.

CAPÍTULO 4

No dia seguinte, ao ser acordada por Bia, Maria já estava em pé e pronta para a escola. Tomou café rápido e correu para a perua. Ficou impaciente com o trânsito e, assim que chegou à escola, escorregou para dentro da sala, sem conversar com ninguém. Bete e Fernando tentaram acompanhar o passo da amiguinha, mas não foi fácil.

— Quero que o dia passe muito, muito, muito rápido. – revelou durante o recreio – Tenho um compromisso hoje que pode mudar a minha vida.

A Professora Letícia também notou a diferença no semblante de Maria. Sua menina espevitada estava de volta!

Ao longo dos anos, a educadora foi muito questionada por colegas e pais por seus métodos. Eles acreditavam que ela dava liberdade demais às crianças. Só que Letícia acreditava no poder do diálogo e do amor para formar um bom cidadão. Seu remédio, sempre dizia, era infalível. Logo, a mudança em Maria era mais uma prova disso.

Quando o sinal finalmente tocou, Maria já estava com a mochila nas costas. Estava tão agitada que tentava acelerar o embarque dos colegas na perua. Se pudesse, pisaria no acelerador (e bem fundo!) por Nivaldo. Almoçou rapidamente, escovou os dentes, fez suas tarefas e saiu sem dar muita explicação para a biblioteca. Até Bia estranhou aquela pressa toda!

Às 16h47, lá estava ela, impaciente, à espera de Dona Risoleta. Seus passos eram tão firmes e assertivos que ela nem parecia precisar do apoio de uma bengala para caminhar.

— Ah, muito bem, você já chegou, menina. – disse, ao avistar Maria – Vamos lá para o fundo, assim não incomodamos nem somos incomodadas por ninguém.

A senhora abriu caminho e, com a bengala, mostrou onde a menina deveria se sentar.

— Se vou perder meu tempo com você, que seja assim, menina, olhos nos olhos, entendeu?

Maria confirmou com a cabeça.

— Pois bem. Amelia Earhart nasceu nos Estados Unidos em 1897. Você já sabe fazer conta? Sabe quanto tempo faz isso?

Diante da hesitação de Maria, Dona Risoleta continuou:

— O que aconteceu? Está sem voz hoje? Ficou muda de um dia para o outro? Responda-me, menina.

A garotinha engoliu seco.

— Não, senhora.

— Não o quê? Não ficou muda ou não sabe fazer conta?

— Eu estou aprendendo – respondeu Maria.

— Pois bem, essa é a sua primeira lição. Se quiser aprender sobre Amelia e ser como ela, é preciso ter coragem. Não pode se intimidar diante de uma pergunta ou de alguém. Entendeu?

— Sim, senhora.

Dona Risoleta soltou um suspiro que parecia ser de aprovação. Quando Maria começava a relaxar, a senhora soltou um espirro que ecoou por toda a biblioteca e, dizem, foi ouvido até na piscina.

— Onde estava? – perguntou Dona Risoleta, enquanto assoava o nariz – Ah, sim, Amelia. Bem, ela nasceu há mais de 110 anos. Nem eu estava viva! – disse a senhora, rindo da própria piada.

Maria nunca a tinha visto sorrir. Sua gargalhada era contagiante e até acolhedora. Ela jogava a cabeça para trás e sacudia com gosto aqueles peitos enormes. A garotinha não conseguiu se conter e riu junto, desejando intimamente que aquilo se repetisse mais e mais vezes. Aquele encontro secreto já estava valendo a pena.

— Naquela época, a mulher não tinha o espaço que tem hoje. Sua voz não era ouvida e, por isso, a ambição de boa parte delas também era limitada. Amelia era diferente. Nasceu com a cabeça nas nuvens, tinha a alma livre e era completamente incapaz de viver aprisionada em qualquer ambiente ou situação pelo simples fato daquilo ser seguro. A aviação foi mais do que um sonho: tornou-se uma paixão. Cada nuvem que atravessava alimentava seu apetite por liberdade e por realização. A proximidade com o Sol, o astro-rei, revigorava sua energia, enquanto a Lua inspirava sua imaginação e seus desejos.

— Ela foi até a Lua? – interrompeu Maria, recordando-se do sonho que havia tido no dia anterior.

— Não, menina, mas ela foi a primeira mulher a chegar mais perto da Lua ao cruzar o céu pilotando um avião. Ela era até parecida com você, sabia? Tinha também a pele clara e sardas que cobriam toda a extensão da sua face. Seus olhos e sorrisos eram marcantes e arrastavam uma legião de fãs. Ao contrário de outras mulheres da época, ela usava os cabelos curtos e calças compridas, algo bem incomum. Muitos homens se apaixonaram por Amelia...

— Ela não se casou? – perguntou a garotinha – Os pais dela deixaram?

— O pai deu a ela o presente que alimentou seus primeiros sonhos: um globo terrestre. Correndo o dedo pela Terra, ela demarcou na sua imaginação todos os países que um dia cruzaria pelo alto. E assim o fez: foi a primeira mulher a cruzar o Oceano Atlântico duas vezes. Subiu ao Havaí, sobrevoou a África, chegou à Irlanda. Ela casou-se com um homem chamado George Putnam, que a acompanhou em várias de suas aventuras – ela nas alturas, ele em terra firme. Foi assim do dia que se conheceram ao dia em que se separaram para sempre.

— O que aconteceu? Eles não se amavam mais? Os pais da Lilian, do 34 da Torre 3, também se separaram.

— É claro que se amavam. Dizem que estavam ansiosos pelo reencontro. Amelia estava em busca de mais um sonho. Quando era jovem, ela contornava o globo terrestre com o seu dedo; agora queria fazê-lo com o seu avião. George a esperava, como sempre o fez. Tinha notícias dela, e às vezes a escutava, pelo rádio. Eram outros tempos, você nem pode imaginar. A comunicação era mais lenta e bem mais limitada.

— Mas então o que aconteceu?

— Um dia ela se perdeu. Ou o destino os separou definitivamente.

— Por quê? O que ele fez? – questionou Maria, levantando-se impacientemente da cadeira.

Dona Risoleta, satisfeita, até riu com a afobação da sua seleta audiência:

— Amelia nunca voltou daquela viagem, menina. Seu avião perdeu completamente o contato e nunca mais foi visto. Muito dinheiro e energia foram gastos na tentativa de encontrá-la, mas o investimento foi em vão. Depois de dois anos de busca, o marido reconheceu sua morte. Somente agora, aparentemente, houve a confirmação sobre a ossada encontrada há décadas em uma ilha do Pacífico.

— Que triste! – exclamou Maria, murchando na cadeira.

— Por que triste, menina? Pare de pensar pequeno! Amelia Earhart, além de corajosa, era ambiciosa. Ela sonhou alto e alcançou o que queria. Seu espírito continua vivo e inspirando milhares de mulheres ao redor do mundo, décadas após o seu desaparecimento. Ela morreu fazendo o que desejava. Quantos podem dizer isso? Quantas pessoas vivem plenamente a vida? Poucos! E sabe por quê? – bradou Dona Risoleta, batendo a bengala na mesa – Por falta de coragem para seguir seus próprios sonhos. Escute bem o que vou te dizer, menina.

Nesse momento, a senhora aproximou-se de Maria e sussurrou:

— A importância de Amelia não se limita à aviação. Ela é um exemplo, inclusive para os homens. Ela não se acovardou com críticas e dificuldades, ela não ficou sentada reclamando da vida, ela viveu.

Quando retomou a postura e o tom de voz, Dona Risoleta emendou:

— Me parece um destino bem mais valioso que o do bode velho do seu avô, que só sabe falar mal dos outros enquanto assiste aquela porcaria de televisão.

Maria não respondeu. Uma nuvem de palavras em diferentes tamanhos havia se formado na sua cabeça: VOAR, morte, CORAGEM, destino, AMOR. Ela nem prestara atenção na crítica ao avô.

— Dona Risoleta, então é possível uma moça se casar e fazer o que quiser?

A alta gargalhada da velha senhora voltou a preencher o salão.

— Que pergunta é essa, menina?! É claro que sim. Você não entendeu a história? Uma mulher pode fazer tudo o que quiser, assim como um homem. Aos dois cabe ter somente coragem para ser, sonhar e realizar.

Antes que Maria pudesse fazer mais perguntas, Dona Risoleta avisou:

— Agora vá. Essa conversa já me tomou tempo demais. Está na hora do meu chá e de retomar minha leitura.

A garotinha obedeceu ao pedido. Saiu da biblioteca completamente hipnotizada pelo que ouvira. Arrastou-se em passos curtos e lentos até uma espreguiçadeira da piscina, onde se acomodou. Não pensou sobre o que estava fazendo. Simplesmente se deitou e olhou para o céu. Ali mesmo, ela adormeceu.

CAPÍTULO 5

O mundo de Maria mudou de órbita. Ela se sentia dentro de uma bolha que girava em todas as direções. Uma luz forte feria seus olhos e reproduzia diferentes imagens: a roupa de bailarina, o corte no queixo, sua imagem adulta na nave espacial, Amelia Earhart. Ela nunca vira uma foto da aviadora, mas a imaginava com a roupa de um comandante de voo comercial e feições muito parecidas com as suas. Foi assim, afinal, que Dona Risoleta a descreveu.

As imagens refletidas na parede fina da bolha onde Maria estava se formavam e se desfaziam em uma sincronia impressionante, projetadas em uma sequência sem fim. A garotinha tinha perdido noção do tempo até que um estrondo a despertou:

BLUM!

— MENINA, ACORDE!!

Era Dona Risoleta, batendo violentamente a bengala na espreguiçadeira.

— Eu não te contei a história de Amelia Earhart para que ficasse aí, tomando sol, feito uma madame. Odeio perder meu tempo com gente preguiçosa!

Maria tentou se explicar:

— É que eu não consigo parar de pensar... A senhora acha que eu posso ser como Amelia? Meus pais repetem que sou "menina pra casar", mas eu preferia ser astronauta.

Se a garotinha esperava misericórdia, certamente procurou no lugar errado.

— E você acha que será astronauta se ficar aí, olhando para o céu?

Maria nem notou o insulto.

— Mas eu posso ser astronauta?

— Você pode ser o que quiser, menina. Pelo jeito não te ensinam nada mesmo em casa e na escola! Pois bem, esteja amanhã no mesmo horário, no mesmo local.

— Sim, senhora. – respondeu rápido, sem dar chance para que a outra mudasse de ideia.

— Agora vá fazer algo de útil.

Maria correu para casa, driblou toda as perguntas da mãe e se trancou no quarto, jurando que ainda tinha lição de casa pendente. Na verdade, ela repetiu tim-tim-por-tim-tim o que ouviu para Bia, que mantinha seus olhos fixos na dona. Às vezes, a menina sentia que somente a sua fiel cachorrinha a entendia. Bete só queria brincar de princesa – seu sonho era se casar com o Príncipe George, da Inglaterra – e Fernando sonhava em ser piloto de Fórmula 1 ou artista plástico que nem Picasso.

As sessões com Dona Risoleta tornaram-se diárias, exceto aos fins de semana. Era o momento mais esperado do dia para Maria – e, secretamente, para Dona Risoleta também. Aquela senhora, sempre tão independente, rígida e distante, regozijava-se por fazer brilhar os olhinhos da curiosa menina cujo nome ela nunca pronunciara. Os encontros eram sigilosos – somente Bia e a enfermeira sabiam.

Dona Risoleta divertia-se tanto com os sonhos e as ideias plantados na cabeça de Maria, quanto com as confusões que a garotinha poderia causar na sua própria casa. "Ter uma pequena guerreira na própria casa, para combater conceitos ultrapassados, é castigo suficiente para aquele bode velho", pensava a senhora. A enfermeira ficava intrigada com a súbita alegria da senhora. O exercício, altruísta por um lado e quase maligno por outro, havia injetado adrenalina e nostalgia em seus dias. Ela redescobriu histórias e revisitou antigas emoções. Compartilhou com Maria histórias de vários ícones brasileiros, guardando para si memórias do seu próprio passado.

Falou de:

- Elis Regina, que não tinha travas na língua e cantou dores, alegrias e rebeldias;
- Maria Felipa, negra, espiã, sedutora combatente pela Independência;
- Clara Camarão, a Pocahontas tupiniquim, líder das heroínas de Tejecupapo, na zona da mata pernambucana;
- Maria Quitéria, a primeira mulher das Forças Armadas;
- Maria Esther, a maior tenista brasileira;
- Leolinda, chamada de mulher do diabo por levantar a bandeira do feminismo;
- Leila, que matou homens e mulheres de inveja com sua coragem de ser quem ela era;
- Josephine, a única mulher membro da Academia Nacional de Medicina;
- Bidu, a rouxinol brasileira, que encheu salões do mundo todo com seu canto lírico;
- Maria Firmina, a primeira romancista brasileira;
- Zilda, médica, sanitarista e missionária, vítima de um terremoto bem além das nossas fronteiras;
- Anita, que dominou espadas e armas de fogo em nome de um ideal;
- Chiquinha, a filha de mulata e divorciada que se tornou a primeira mulher a reger uma orquestra no Brasil;
- Nise, a médica que acreditava em um tratamento psiquiátrico humanizado;
- Pagu, poeta e primeira presa política brasileira;
- Tarsila, a pintora e desenhista, uma das precursoras do movimento modernista;
- Tia Ciata, cozinheira, mãe de santo e sambista;
- Maria Lenk, a nadadora que encontrava nas águas o alento e a realização que Amelia Earhart via nas nuvens.

Mais de um mês se passou e o encanto de Maria não desaparecia. Um universo de possibilidades se abriu em sua mente. Todas as tardes, após os encontros, ela desenhava as mulheres cujas histórias tantas emoções lhe causavam. Seus traços eram firmes e projetados pela imaginação, visto que sua base eram as palavras de Dona Risoleta. Nunca uma foto lhe foi mostrada, muito menos um vídeo.

Bete e Fernando estranharam o comportamento da amiga. Ela pronunciava nomes que eles nunca tinham ouvido falar e suas ideias estavam mais mirabolantes do que nunca.

Até que uma tarde Maria esperou, esperou, esperou... e nada de Dona Risoleta aparecer. Ela pensou em interfonar ou bater em sua porta, mas não queria quebrar o código de confiança estabelecido entre elas. Era melhor ser paciente e resistir – sua aflição não era nada comparada ao que as mulheres daquelas histórias haviam passado.

Naquela tarde, Maria esperou por mais de duas horas. E nada!

Desenhou uma noite escura, com lua encoberta, porque era assim que se sentia. Sem inspiração. Vazia. Quando sua aflição tornou-se insuportável, ela se agarrou à Bia e rezou para que tudo voltasse ao normal. Dona Risoleta precisava aparecer no dia seguinte.

Só que isso não aconteceu. Somente após longos cinco dias de espera, a enfermeira Isa apareceu. Estava abatida, desarrumada e... sozinha. Disse que a senhora estava no hospital, mal podia falar, mas mandara o seguinte recado:

VOE.

Maria ficou paralisada. No hospital? Dona Risoleta? Como ficariam as histórias? O que ela queria dizer com... voe?

— Não tenho tempo para caprichos, menina. Recado dado. – disse Isa, antes de virar as costas e sair.

Em casa, à noite, Maria agarrou-se ao travesseiro e chorou. Sentiu-se como há muito tempo não acontecia: sozinha, abandonada. Nem as lambidas de Bia, determinada a secar cada lagriminha da sua dona, a animavam. Com a alma pesada, a garotinha entregou-se à escuridão.

CAPÍTULO 6

A Professora Letícia notou o sofrimento de Maria. Ela voltara a passar os dias calada, encolhida em sua carteira, sem participar das atividades e brincadeiras. "Tem sintoma mais sério do que uma criança se recusar a brincar?", perguntara-se a educadora.

A nítida aflição da menina havia roubado o sossego da professora, que não conseguia nem aproveitar o seu tempo livre. Pensou em compartilhar sua preocupação com a diretora da escola ou pedir um conselho a um colega. Considerou chamar os pais da garotinha para uma conversa. Esses altos e baixos não eram normais. Será que eles não haviam percebido? O que estava acontecendo naquela casa?

Seu coração fez, porém, outra recomendação: antes de qualquer atitude drástica, capaz de criar mais confusão ou gerar fofoca e mal-entendido, ela deveria falar com Maria novamente.

Isso aconteceu durante um intervalo. Enquanto a classe se dispersava, pediu à Maria que ficasse e a ajudasse a organizar o próximo exercício. Bete também se voluntariou, mas foi gentilmente dispensada pela professora.

— Maria – disse Letícia – quis ficar sozinha com você para entender o que está acontecendo. Você parece triste novamente.

A menina nem se mexeu.

— Aquela história ainda a perturba? Há algo acontecendo na sua casa? Ou em outro lugar? Você sabe que pode confiar em mim. Quero ajudá-la.

Ao escutar aquelas palavras tão doces, Maria desabou. Escondeu o rostinho entre os joelhos e chorou copiosamente. Não tinha mais forças. Assustada com a forte reação da menina, a Professora Letícia a puxou para junto de si. Colocou-a em seu colo, alisou seus cabelos e deixou que se acalmasse naturalmente. Demorou para que isso acontecesse, mas quando Maria finalmente parou, a professora disse:

— Respire fundo, minha querida. Confie em mim. O que está acontecendo?

A garotinha contou à professora sobre os encontros secretos dos quais participava há mais de um mês. Contou sobre as mulheres que conheceu – lembrou de quase todas, com uma riqueza de detalhes que deixou Letícia impressionada. Falou sobre o sumiço de Dona Risoleta, bem como do recado que recebera.

— O que ela quer dizer com isso? O que vai acontecer com ela? Como eu posso voar? Eu não sou Amelia, nem Elis, Maria Quitéria, Nise, Chiquinha... Não tenho a força de nenhuma delas.

Diante da agitação da menina, a professora voltou a abraçá-la e a pedir calma. Após alguns minutos de calmaria, explicou:

— Há várias coisas que você precisa entender, Maria. A primeira delas é que você é uma garotinha muito abençoada. Ao longo da sua vida, você conhecerá várias pessoas, com quem terá pouca ou mais convivência por diferentes períodos de tempo. Cada uma delas trará um presente divino para você: não é nada material, mas uma lição, algo que você precisa aprender para viver melhor. Algumas lições serão divertidas; outras, tão sutis que passarão despercebidas; e, finalmente, algumas serão mais doloridas. São lições difíceis de aprender, mas muito importantes. Você sabe o que essa senhora fez por você, Maria?

A menininha limpou o nariz que escorria e disse:

— Ela me contou histórias.

A professora gesticulou que não.

— Não, não, ela fez muito mais do que isso. Dona Risoleta doou a você seu tempo e sabedoria. Contou histórias para inspirá-la a descobrir o que lhe faz feliz, compartilhou um conhecimento para empoderá-la e fazê-la correr atrás disso a qualquer preço.

Maria continuou a olhar a professora tão intrigada quanto antes.

— Depois de tantos encontros, você já sabe que nós, mulheres, podemos fazer o que bem entendermos, assim como os homens. Temos tantas opções quanto eles – de sambista a espiã. Ela lhe deu as asas da inspiração. Chegou a sua vez de...

Maria completou junto com a professora.

— ... Vo-ar.

Só que esse assunto ainda era muito subjetivo para aquela menininha, que vivia entre muros altos e só colocava o nariz na rua para ir à escola.

— Um dos segredos da vida, Maria, é estar atenta ao nosso dia a dia e encontrar os pequenos milagres escondidos até nas tarefas mais simples.

A garotinha até franziu os olhos, tamanha era a força que fazia para entender.

— Vou tentar ser mais específica. – apressou-se a professora – Você é muito jovem para voar para longe. Então, por que não começa a abrir a sua mente e descobrir mais sobre o lugar onde vive, por exemplo?

— Mas eu conheço tudo desde que nasci, professora! – protestou Maria – Conheço os lugares, as pessoas, quem mora, quem trabalha...

Letícia nem a deixou terminar.

— Não é disso que estou falando, Maria. Conheça em profundidade. Qual é a história dos seus avós?

Maria nada disse.

— Você sabe como seus pais se conheceram? Como foi a sua gestação?

— Minha mãe sempre diz que eu dei mais trabalho do que os meus irmãos.

— E o que isso quer dizer? Você se mexia muito? Ela teve muito enjoo? Que desejos ela sentiu? Como foi o seu parto? Quem são as pessoas que trabalham no seu condomínio? Como é a vida deles?

— Meu vizinho é o Seu Flávio e ele não trabalha. O papai diz que ele é muito rico. No condomínio tem o Zé, a Luzia, o Salvador...

— E qual é a história de cada um deles? Do que eles gostam? O que os faz felizes? Não é isso que as mulheres das suas histórias buscavam? Então! Chegou a hora de você conhecer as pessoas que convivem com você. Descubra quem são e como elas lhe fazem sentir. Esse é o caminho para descobrir também quem é você e o que quer ser.

Maria nem percebeu quando o sinal tocou.

— Você tem muitas histórias a descobrir, mocinha. Isso é o primeiro passo do seu plano de voo.

A Professora Letícia não teve como não notar que o brilho dos olhos da garotinha havia voltado. E ela colocou a lição em prática no mesmo dia – na perua já disparou uma série de perguntas para Nivaldo. Descobriu que o motorista se refugiava nos livros depois do trabalho. Ler era, para ele, um ritual, como se estivesse desligando o som do mundo para sintonizar uma rádio interna exclusiva. Com esse hábito, inspirava amigos, vizinhos e familiares, que pediam recomendações. Nas festas, terminava sempre rodeado de crianças contando histórias. Seu sonho era montar um pequeno sebo, mas Maria não entendeu bem o que era isso.

Depois do almoço, ela chamou Bia para o quarto e anunciou:

— Nós temos uma nova missão e muito, muito trabalho pela frente.

A cachorrinha latiu em concordância. Juntas, elas planejaram todas as pessoas que seriam abordadas. Maria tentou contar nos dedinhos, mas perdia o raciocínio toda vez. Era muita gente!

As duas decidiram começar pelo mais difícil: o avô. Discutiram sobre as perguntas que fariam e como fariam. A garotinha riu alto quando se lembrou da Dona Risoleta chamando-o de bode velho. Como ela queria ter a sua amiga (AMIGA, sim!) de volta. Quando uma lagriminha se formou no canto do olho, Maria levantou-se, tomou fôlego e bradou com a mãozinha no peito:

— Eu prometo que vou voar, Dona Risoleta.

Saiu marchando rumo ao quarto do avô, que reclamava de algo que assistia na televisão. Ela se sentou ao seu lado e permaneceu muito tempo ali, na esperança de que ele puxasse conversa. Santa ingenuidade!

Mais de uma hora se passou até Alfredo dirigir uma palavra a ela:

— Maria, vá buscar um copo de água para mim.

A garotinha obedeceu e permaneceu em pé ao seu lado enquanto ele tomava largos goles de água. Deleitou-se tanto que levou um susto com a proximidade da neta.

— O que foi? Você não tem nada para fazer, não?

— Eu... eu...

Maria não sabia como iniciar a conversa.

— Vá estudar ou fazer qualquer outra coisa. Meu filme vai começar.

A menina saiu cabisbaixa, seguida pela sua fiel escudeira. Percebeu naquela tarde que voar não seria tão fácil assim. Mas se fosse, Dona Risoleta não teria confiado a ela tal missão, certo?

CAPÍTULO 7

Demorou mais de dois dias para que Maria conseguisse a atenção do avô, sempre tão compenetrado em seus programas. O filme de um dia virou documentário no outro. Ela perguntou, de mansinho, o que era um documentário e foi expulsa do quarto, sob a alegação de que o conteúdo era impróprio para menores. Só que a menina não desistiu.

No dia seguinte, perguntou se o programa tinha sido bom. O avô desconfiou:

— O que é que você quer, hein?

— Nada, vovô. Só estou curiosa.

— Uhmm... – fungou Alfredo – Você não tem o que fazer?

— Tenho, mas não posso ficar com você?

De todas as respostas possíveis, o avô definitivamente não esperava por aquela. Àquela altura da vida, Alfredo tinha se acostumado com a reclusão. A vida não tinha se tornado desinteressante para ele, mas parece que ele não era mais interessante "para a vida".

— Para quê? O que você está escondendo?

— Nada, só quero ficar aqui. – insistiu a neta.

— Mas não pode. Vá brincar lá fora. Cadê sua mãe, hein? LENAAAAA! ESTHER!!! – gritou para a filha e para a esposa – Alguém precisa dar algo para a Maria fazer.

No terceiro dia, a garotinha percebeu que o avô estava entretido com um jogo.

— O que é isso? – perguntou.

— Como o que é isso? Tênis! Você nunca viu um jogo de tênis? – respondeu o avô sem tirar os olhos da televisão.

— Eu nunca vi, não sei jogar, mas sei o que é. A Maria Esther Bueno jogava. Ela é a "maior tenista brasileira do mundo"!

BINGO!

O avô estava finalmente fisgado. Quis saber onde a neta aprendeu aquilo e confessou que, quando jovem, seu sonho ser tenista profissional. Seus pais nasceram na Itália, migraram para o Brasil ainda crianças e suaram muito para construir uma vida. Eram pobres e não podiam bancar equipamentos e treinamentos.

— E o que o senhor se tornou, vovô?

Alfredo empalideceu com a pergunta sincera e indecorosa da neta.

— Você não sabe? Eu estudei o quanto pude e trabalhei muito para dar uma vida para a sua mãe e para a sua avó.

Maria nem notou o ressentimento na voz de Alfredo. Preocupava-se em não deixar aquela oportunidade passar.

— O senhor gostava do que fazia?

— Eu era bom no que fazia. Alimentei muita gente, ajudei muita gente, ganhei respeito e nunca deixei faltar nada em casa. Dei a sua mãe mais do que os meus pais deram para mim. Esse é o meu maior orgulho.

Maria descobriu que o avô descendia de uma família de refugiados, uma palavra que ela já escutado, embora não entendesse muito bem. Com o pouco dinheiro que tinha, compraram um pedaço de terra, que durante muitos anos rendeu apenas prejuízo. Seu pai tinha a idade de Maria quando começou a trabalhar na lavoura. Investiu sua saúde na terra e colheu desilusão. Casou-se, porém, com a menina mais bonita da aldeia, também filha de italianos. Moravam num casebre, sem luz e saneamento. Alimentavam-se mais de amor do que dos legumes e verduras que plantavam.

Quando Alfredo nasceu, o pai tentou dar a ele uma chance. Com ajuda do dono de um restaurante, conseguiu para o filho uma bolsa em uma escola privada, onde descobriu o tênis. Só que o garoto foi ficando para trás – ele não tinha tempo para estudar nem para brincar como os colegas. Com a saúde do pai cada vez mais debilitada, Alfredo teve que ajudar e assumir os cuidados com a terra, além da barraca da família na feira. Tentou conciliar, ao máximo, as atividades. Seu português não era bom, porque se dedicava principalmente à matemática. Há muito tempo o garoto desconfiava que os pais eram passados para trás em negociações com os clientes. Quando assumiu essa tarefa no lugar do pai, Alfredo viu as condições da família melhorarem progressivamente. Ainda assim, o avô de Maria achava que não tinha feito o suficiente. A vida sofrida do campo levou cedo seus pais, antes de testemunhar o crescimento. A barraca na feira virou uma quitanda, cuja qualidade atraía pessoas de outros bairros. Com a voz amargurada, revelou:

— De nada adiantou tanto esforço. As noites mal dormidas e o trabalho árduo foram uma dura combinação: não fui capaz de salvar meus pais e ainda ganhei um coração fraco, que levou o pouco que tinha construído.

Alfredo ficou impossibilitado de trabalhar. Tentou arrendar a quitanda, mas o dinheiro arrecadado não era suficiente para pagar as despesas. Foi convencido pela família a vender tudo e a morar com a filha, o genro e os netos. A dependência abalou ainda mais a sua saúde.

Maria ouviu atenta o relato e disse:

— E o que o senhor pretende fazer agora?

— Como assim o que eu pretendo fazer agora? – repetiu Alfredo em um tom indignado. – Você está de brincadeira comigo?

O avô ficou tão bravo que a menina até tremeu. Bia escondeu-se atrás da porta. Só que Maria retomou rapidamente sua coragem:

— Não, vovô, não estou brincando. Só quero dizer que o senhor ainda pode realizar seu sonho.

— Eu sou um inválido, não percebe? – apontando para o próprio corpo obeso no sofá.

— O senhor não pode mais jogar tênis, mas pode me ensinar, pode ser juiz, pode ser comentarista que nem esse moço da TV.

Alfredo surpreendeu-se com a menina, mas não se deixou convencer tão fácil assim por sua ingenuidade.

— Eu já estou no fim da vida, Maria. Todo mundo me recorda disso todos os dias.

— Então é melhor começar já, né? Vou conseguir uma raquete.

Maria venceu aquele *match*. Todas as tardes, durante 30 minutos, o avô locomovia-se com dificuldade até a quadra, sentava-se em um banco e a fazia correr de um lado para o outro. Quando estava muito cansado (a avó sempre dizia que a mudança de tempo judiava da saúde do marido), as aulas aconteciam dentro do apartamento. Alfredo descrevia em detalhes cada jogo, apontava os diferenciais dos principais jogadores, comparava com os antigos ídolos e até fez a neta prometer que um dia veria um jogo de Roland-Garros, na França, e Wimbledon, na Inglaterra.

Com o tempo, a vovó Esther uniu-se a eles e Maria também aprendeu a fazer tricô e crochê. As duas técnicas haviam sido passadas de geração em geração – só Helena, mãe de Maria, se recusara a aprender. Bia foi quem saiu ganhando com as novas habilidades da dona para a costura: passou a desfilar pelo condomínio de gravatinha, blusinha e até saia, feitas pela nova estilista da casa.

Aos poucos, Maria foi expandindo seus domínios e descobrindo novas histórias. Conversou com o porteiro Zé, que se chamava, na verdade, Florisley, uma fusão de Florisberto, nome do pai, com Shirley, o da mãe. Ele nasceu na Bahia e veio muito jovem para São Paulo em busca de trabalho. Fez família aqui, mas sempre que pode, volta para visitar a turma do sertão. Diz que é recebido como rei – pelo dinheiro que ganha, pelo conhecimento que adquiriu na cidade grande e pela coragem de viver em um mundo tão diferente daquele onde fora criado. Foi assim que o Brasil é muito maior, rico e diverso do que sugerem os livros.

Maria descobriu também que havia no condomínio uma criação clandestina de passarinhos. O Salvador, que cuidava das plantas, era apaixonado por aves. Ele tinha construído casinhas e todos os dias colocava comida para um monte de passarinhos diferentes. Tinha sabiá, joão-de-barro, bem-te-vi, papagaio, sanhaço... O preferido de Maria era o pardal. Sabe por quê? Ele era da mesma raça que a Bia: vira-lata.

A filha da Luzia, da limpeza, é modelo. Ela é tão bonita que já foi fotografada por várias lojas e ganhou dinheiro de verdade com isso. E ela nem é adulta! É um pouco mais velha do que um dos irmãos de Maria. A renda é dividida em três partes: ajuda nas contas da casa, guarda na poupança e ainda sobra para comprar roupas, sapatos e maquiagem. A Luzia disse que ela tem um monte, porque precisa estar sempre bonita.

A garotinha também se aproximou da Yoko, a japonesa do quinto andar. Ela é especialista em origami, uma arte japonesa de dobrar o papel. Maria, que mal sabia fazer um aviãozinho, ficou impressionada com tudo que aquela senhora era capaz de criar. Levou alguns para casa e criou até uma peça de teatro com os personagens de papel.

Maria conheceu, finalmente, o Seu Flávio. Papai tinha razão: ele era um empresário muito poderoso. Viajou o Brasil e o mundo dando palestras e fazendo negócios. Hoje ele curte a vida: gosta de viajar, de ler, de escrever, de bater papo e de jogar com os amigos. Foi com ele que ela aprendeu a jogar dama.

Teve, ainda, a Vitória, uma moça que parou de andar depois de um acidente de carro. Ela ficou muito triste no começo porque não via mais graça na vida. Depois sentiu raiva das pessoas, porque se sentia deixada de lado. Só que o tempo passou e ela retomou a alegria de viver, tornando-se mais independente do que antes. Mora sozinha, trabalha, dirige, namora e faz até trabalho voluntário. Ela participa de eventos, nos quais divide a sua história para ajudar outros portadores de deficiência a viver melhor.

A Vitória é uma das poucas amigas do Renato, que só se veste de preto e gosta de músicas bem barulhentas. Tem cabelo comprido, argola no nariz e na sobrancelha e 17 tatuagens espalhadas pelo corpo. Todo mundo desconfia dele, que fala pouco e não faz muita amizade. Maria descobriu que ele só é diferente, mas muito legal e inteligente.

Nas tardes mais quentes, quando escapava para a piscina, a garotinha fez também amizade com Pedrinho, do apartamento 72 da Torre F. Ele é campeão de natação! Aprendeu a nadar porque tinha problemas respiratórios e ficava sempre doente, faltando às aulas e deixando de brincar. A pedido do médico, a mãe o inscreveu nas aulas e o menino... virou peixe!

Ele disse que foi o melhor remédio que já tomou na vida! Sarou, ficou forte e sonha em ir para os Jogos Olímpicos.

Uma vez por semana, Maria reunia-se com a Professora Letícia e compartilhava com ela tudo que vinha aprendendo com cada uma daquelas pessoas que entrara na sua vida. Assim como acontecia com Dona Risoleta, ela aguardava com ansiedade por aqueles encontros. A diferença é que o seu papel não era mais o mesmo: ela passara de espectadora para narradora.

Um dia, enquanto vestia Bia com mais uma saia de crochê, a garotinha ouviu a campainha de casa. Maria correu para a sala e viu quando uma moça alta, cabelos lisos, peitos fartos e acessórios chamativos perguntou:

- É aqui que mora a Maria?

Maria assustou-se tanto que parecia que seu coração tinha ficado mudo. Quem era aquela mulher? E o que queria com ela?

CAPÍTULO 8

Seu nome era Giovanna e ela era neta de Dona Risoleta. Vivia em outro país e estava na cidade para acompanhar a recuperação da avó. A imponente senhora continuava internada, alternando períodos de sono profundo com outros de lucidez. Em um destes momentos, compartilhara com a neta sua relação com Maria.

— Há algum mal-entendido. Minha filha não tem nada a ver com aquela senhora. Eu mesma mal a conheço. – respondeu Helena, profundamente incomodada com a sugerida intimidade entre as duas.

Giovanna não apreciou o tom petulante do comentário, mas já havia sido prevenida pela avó sobre o perfil da família.

— Talvez a senhora não saiba, mas elas se encontravam todas as tardes na biblioteca do condomínio. Minha avó tornou-se praticamente uma tutora.

— Tutora? – interrompeu a mãe de Maria. – Definitivamente você veio à casa errada. Minha filha não precisa de tutora. Ela estuda na melhor escola da cidade.

Giovanna respirou fundo e, quase arrependida de ter pisado ali, continuou:

— Talvez eu tenha me expressado mal. O que eu quis dizer é que a minha vó contava histórias para Maria.

— Que tipo de histórias?

— De empoderamento feminino. Histórias de mulheres que marcaram o seu tempo, que não se acanharam com as dificuldades e se tornaram verdadeiros exemplos de força, coragem e superação.

— Minha filha é pequena e tem bons exemplos dentro de casa. – replicou Helena, já sem argumentos para aquela hipótese absurda.

— Tenho certeza de que sim – completou a neta de Dona Risoleta – A Maria está em casa? Eu gostaria muito de conhecê-la.

— Ela está ocupada e infelizmente não há como interromper. Eu e o meu marido somos muito rígidos em relação à educação dos nossos filhos. – Visivelmente irritada, Helena abriu mão de qualquer cortesia. – Agradeço, de qualquer forma, por ter vindo até aqui. Certamente comentarei com Maria.

— Lamento não poder conhecê-la. Será que a senhora poderia entregar esta carta para ela? Há uma história que minha vó gostaria que ela soubesse.

A mãe de Maria pegou a carta à contragosto. Não sabia se lhe incomodava mais a presença daquela jovem em sua casa ou as escapulidas de sua própria filha.

— Eu mesma lerei para ela. Obrigada. – disse, em um tom seco, sem um único sorriso.

Ao se dirigir para a porta, Giovanna deu uma boa olhada ao redor na esperança de dar uma espiadinha em Maria. Se a garotinha era tão esperta quanto a avó a considerava, certamente ela estaria escondida em algum cantinho. E estava! Espremida atrás de um pilar, segurando a respiração e todas as outras reações ao que acabara de ouvir. Qual seria, afinal, o recado de Dona Risoleta? Como a mãe reagiria ao segredo?

A porta da casa mal se fechou e ela descobriu. Seu nome ecoou pelo apartamento:

— MAAAAAAAAAAAARIIIIIIIIIIIIAAAAAAAAAAAAAAAAAA!!!!

Maria tomava fôlego e coragem quando Bia entregou sua localização.

— Venha cá, mocinha. Você tem muitas explicações a dar.

Maria moveu-se lentamente e, sem tirar os olhos do chão, sentou-se próxima à mãe.

— Que história é essa de encontros secretos?

A menina nada respondeu. Dona Risoleta, na verdade, nunca tinha pedido segredo. O pacto entre ambas era velado, o que tornava tudo ainda mais gostoso.

— RESPONDA! – ordenou a mãe, já completamente fora de si. – Por quanto tempo você se encontrou com aquela senhora? O que ela fez com você? Ela tocou em você?

— Não, mamãe. Nunca! A Dona Risoleta não é como vocês pensam.

— Desde quando você a conhece? Como isso começou?

Maria contou sobre o esbarrão, a reportagem sobre Amelia Earhart e todas as outras mulheres que passaram a fazer parte da sua vida.

— O que mais acontecia nesses encontros? – perguntou Helena, visivelmente com dificuldade de entender o que aconteceu ali, bem debaixo do seu nariz.

— Nada. Ela só mostrou que eu também posso voar.

— Como assim voar? Que bobagem é essa?!

Maria desandou a chorar. Ela ainda se sentia profundamente incompreendida e até ameaçada pela família. Seu choro era tão doído e alto, que agora quem se escondia atrás do pilar eram os avós.

— RESPONDA! Que tipo de ideias essa velha colocou na sua cabeça?

— Ela não colocou nada na minha cabeça. Ela só me contava histórias e me deixava fazer perguntas. Ela nunca me obrigaria a nada como você!

— Ah, não?! E você quer ser o quê? Ninguém? Uma solteirona? Pobretona? Viver sozinha? De sonhos?

— EU QUERO SER FELIZ!

O grito de Maria explodiu como um rojão naquela casa. A mãe ficou prostrada no sofá diante do ataque histérico da filha. Ser feliz? Era na felicidade dela que Helena pensava o tempo todo. Sustentar-se, principalmente para uma mulher, não era fácil. Um bom marido trazia segurança, ainda que a vida não fosse perfeita. Acredite, ela sabia bem disso.

Ao contrário da sua garotinha, Helena cresceu sem luxo. Estudou em uma boa escola, mas nunca foi uma aluna brilhante. Era aos olhos de todos e de si própria a filha do quitandeiro. Sonhava com as viagens que suas colegas faziam, com uma casa espaçosa, com bolsas de grife, joias e champanhe. Não se preocupava com notas escolares ou títulos de graduação. Queria conforto e não uma vida suada, contada moeda a moeda, como a dos pais.

Ela estava terminando o colégio quando conheceu o marido, 15 anos mais velho. Acompanhou uma colega na vernissage da mãe dela. Emprestou até a roupa para ocasião – um vestido decotado e um salto agulha. Nunca se esqueceu do poder que correu pelas veias ao calçar aquele sapato, que custava provavelmente mais do que a renda média mensal da sua família.

Naquela noite, vestida daquele jeito, ela assumiu uma nova identidade – quem ela gostaria de ser nas 24 horas dos seus 365 dias.

Rui foi atraído por essa versão de Helena, que tinha um corpo esguio e um rosto com traços delicados. Ele nem reparou na sua idade, escondida sob camadas e mais camadas de maquiagem. O gatilho da conversa foi uma obra de arte moderna. Ele falou sobre os museus que visitou em diferentes capitais da Europa e dos Estados Unidos; ela fingiu interesse em decoração e design de interiores. Disse que já fazia alguns trabalhos na área. "Algo informal, mais por insistência de amigos", completou em um tom bem indiferente.

Foram poucos encontros até o pedido de casamento. Rui trabalhava em um banco de investimentos e passava boa parte do tempo em viagens. Helena prontificou-se a acompanhá-lo, aproveitando para "fazer pesquisa para os seus projetos". Ela nem chegou a prestar vestibular, frustrando os pais que nutriam outros sonhos para a filha.

Depois de dois anos de casamento, chegou Albert, seis anos mais velho do que Maria. Na sequência, veio William. A garotinha não foi planejada, mas fortaleceu o elo entre o casal. Rui ficou encantado com o nascimento da primeira filha. Foi nessa época que decidiu mudar-se com a família para aquele exílio de luxo, como chamava o condomínio, a fim de que os filhos crescessem em segurança.

Helena preenchia seus dias com encontros com as amigas, visitas ao shopping, massagens e outras terapias alternativas. Para ela, tédio era como dor de cabeça: um remedinho e passa. Ela não lia jornais nem livros – sabia o suficiente sobre "o seu mundo", pela sua própria experiência e pela do seu círculo. E por isso sabia o que era melhor para a filha.

Levou um susto quando a mãe colocou uma mão em seu ombro.

— Helena, minha filha, você está bem?

Ela não demorou muito para se recompor:

— Por que não estaria? – disse, levantando-se do sofá e agarrando sua bolsa Kelly – Eu me esqueci de que tenho um compromisso importante agora. Lido com esse chilique da Maria mais tarde.

Antes de sair, Helena enfiou a carta de Dona Risoleta dentro da bolsa. Ninguém soube que ela não tinha compromisso nenhum naquela tarde. Nem chegou a deixar o estacionamento do condomínio.

Abalada com os acontecimentos, ela se sentou em frente ao volante do seu carro blindado e chorou copiosamente, exatamente como a filha fazia naquele exato momento, alguns andares acima. Sentia-se como Maria: uma menina incompreendida pela família.

CAPÍTULO 9

Quando Helena saiu com o nariz empinado, Alfredo e Esther confabularam sobre o que tinham presenciado. Eles nunca viram Maria reagir daquela forma à mãe, embora fosse óbvio o quanto as duas eram diferentes.

Helena cresceu com sonhos diferentes dos pais. Em muitas ocasiões, eles se sentiram pequenos diante da filha, que falava mais de uma língua e queria declaradamente uma vida diferente daquela que eles podiam lhe dar. Ofereceram não só o que podiam, mas o suficiente para que ela fosse independente: educação. Sonhavam em vê-la com um canudo na mão – de preferência, o de médica ou advogada. Só que aquilo não era o bastante, na opinião de Helena. Seus sonhos eram outros e, do jeito dela, conseguiu o que queria ao se casar com Rui.

O genro era frio e distante, mas Alfredo e Esther não tinham do que reclamar. Ele não só os acolheu, como também assumiu todos os custos – inclusive, do caro convênio médico. O sogro nunca gostou daquela situação. "Tantos anos de suor e nem minhas contas sou mais capaz de pagar", resmungava frequentemente durante a noite. Por vergonha, refugiava-se em seu quarto e recomendava o mesmo à esposa. Não queriam influenciar na rotina da família da filha.

Quanto a Maria, o avô sempre a achou uma miniatura de Helena com seus sonhos e vontades. Tinha certeza de que seguiria o mesmo caminho. Nos últimos meses, porém, ele se surpreendeu. Enxergou uma outra menina – curiosa, sagaz, mais interessada em conhecimento do que em bens materiais. Havia, assim como Esther, se afeiçoado à companhia da neta e à sua fome de saber. A vida, que se mostrava até então longa e insossa, ganhou graça e sabor.

— O que vamos fazer, Alfredo? A menina está em prantos! – perguntou Esther – A gente não pode ficar aqui parado.

O avô de Maria coçou a cabeça e disse:

— Você sabia da proximidade dela com aquela velha metida?

— Como eu poderia saber? Não saio do seu lado!

— Ela podia ter contado, oras.

— Se tivesse, você teria ouvido. Estamos sempre juntos.

Alfredo hesitou e, mesmo sem saber o que diria, foi até o quarto da neta. Encontrou-a abraçada a Bia, protegendo-se do mundo com o seu lençol de estrelinhas coloridas.

— Pare de chorar, Maria. Saia já daí. Quero conversar com você.

A menina atendeu ao pedido, feito com tanto carinho. Descobriu o rosto e afrouxou o abraço apertado na cachorrinha.

— Vou fazer um chazinho gostoso para você, minha filha. – avisou a avó. – Isso a ajudará a se acalmar.

Alfredo sentou-se na pequenina cama de Maria e começou a acariciar as costas da neta.

— Não é assim que se resolvem as diferenças, minha neta. Não é gritando, chorando e se escondendo debaixo das cobertas.

A menina defendeu-se entre soluços:

— Eu. Nunca. Poderei. Ser. Eu. Mesma.

— De onde você tirou essa bobagem?

— Ela. Quer. Que. Eu. Case. E. Vá. Morar. Longe.

— Sua mãe quer a sua felicidade, Maria, e ela acredita que você a encontrará em um bom casamento como aconteceu com ela. Os pais sempre acham que sabem o que é melhor para os filhos. É o nosso maior desejo. Eu queria que sua mãe tivesse uma profissão importante, como a dos meus clientes da quitanda, só que ela preferiu outro caminho e o seguiu. Você também terá a chance de escolher quando chegar a hora.

Maria ficou sem argumentos diante do avô. Ela nunca pensou o que a mãe poderia ter sido além de... sua mãe. Pensou baixinho: "sabe que o vovô tem razão?" E, instantaneamente, saltou para o colo de Alfredo, agarrando o seu pescoço:

— Vovô, eu te amo tanto!

Esther, que entrava no quarto com a caneca de chá, até se segurou na parede. Não sabia se estava mais comovida com a cena ou com a visível emoção do marido. Ele nunca foi muito caloroso. Estava sempre preocupado demais com trabalho e dinheiro. Carregava desde garoto muitos rancores por todas as oportunidades que a vida havia lhe tirado, mas era um homem honesto e mais preocupado do que demonstrava com aqueles que amava.

Desde que se mudaram para a casa da filha, ele se isolara em seu mundo. Aposentar-se foi difícil, mas nada se compara ao castigo de depender de outras pessoas. Seu coração estava coberto de tristeza e vergonha, cabendo a ela assistir ao homem que tanto amava definhar. O que mais poderia fazer?

O seu maior prazer e o seu único talento era a costura, ainda assim escutou várias vezes da filha que só sabia fazer artesanato barato. Tentou ajudar na quitanda, mas tinha pouca ou nenhuma desenvoltura para lidar com clientes. Perder sua casa para a doença do marido também foi difícil para ela. Manter-se serena e relevar sua dor foi um dos maiores desafios da sua existência. Há quem diga que a vida é feita de escolhas – mas Esther nunca teve muitas.

Na casa da filha, ela tentava sempre ser útil. Gostava de preparar a comida e tentava agradar o genro da forma que podia. Apesar de morar na mesma casa, tinha pouco contato com os netos. As crianças de hoje têm uma rotina mais cheia do que a dos adultos. "Não é como na nossa época", repetia sempre para o marido.

Nos últimos tempos, porém, ela acompanhou com alegria o movimento da caçula. Assistia aos programas, fazia perguntas e até convenceu o avô a sair do quarto e descer para a quadra de tênis. Ao ver o marido abraçado à neta, Esther teve certeza de que Maria, sem querer, foi capaz de ressuscitar um coração desenganado. Nem todo o amor de Esther por aquele homem havia sido capaz de tal milagre.

Depois de chorar no carro por mais de 30 minutos, a mãe de Maria pescou a carta na bolsa e, com as mãos ainda trêmulas e o nariz escorrendo, pôs-se a ler:

"Menina,

Esqueci-me de lhe contar um detalhe importante da vida de Amelia Earhart. Contei-lhe sobre as suas aventuras e a emoção que sentia ao cruzar nuvens e fronteiras. Contei-lhe sobre o seu casamento com George Putnam, mas omiti o dilema que ela mesma enfrentou com essa união.

Durante muito tempo, a aviadora pensou ser incapaz de conciliar sua paixão com o casamento. Queria ser livre e não imaginava que o pudesse sê-lo com as obrigações do matrimônio. Amelia acreditava que qualquer indivíduo não deve se perder de quem se é e era nas alturas que ela se sentia dona de si. Como sempre, o tempo é o melhor professor dessa vida.

Quando se apaixonou por Putnam e concordou com o casamento, ela entregou a sua alma a esse homem. Você sabe o que isso significa?

Entregar a alma a alguém é muito mais do que lhe dar seu coração. É oferecer quem você é, sem promessas ou sacrifícios de qualquer uma das partes. Em qualquer relacionamento, esforços devem ser feitos pelas duas partes para manter a felicidade, desde que isso não se torne um fardo. E foi isso que ela entregou a George até o fim dos seus dias. Foi assim que ela também se descobriu uma "menina para casar".

A história agora está completa.

Voe!

Risoleta"

Ao ler as palavras daquela senhora que mal conhecia e tanto desprezava, Helena sentia que cada uma delas havia sido endereçada a ela e não à filha de seis anos. Não se arrependia de suas escolhas, mas já havia se perguntado como teria sido sua vida se tivesse tido uma profissão. Decoração não era uma paixão como a aviação fora para Amelia. "E qual é o problema disso?", questionou-se. "As pessoas não têm o direito de ser diferentes? De querer coisas diferentes?"

Quando essas três perguntas se formaram em sua mente, Helena percebeu o "xis" da questão: o direito que ela reivindicava para si era o mesmo que a sua filha pedia para ser feliz. Talvez ela não quisesse um Rui; talvez ela só quisesse uma carreira. Ou se tornasse uma Amelia. Livre. Dona de si.

Pela primeira vez em muitos anos, a mãe de Maria sentiu vontade de rezar. Seus pais eram católicos, mas ela só entrava em uma igreja para casamentos, batizados e missas de sétimo dia. Não se lembrava de uma oração, por mais simples que fosse. Queria, porém, tirar aquele peso de seu coração.

— Deus, anjos, santos, Universo... não sei... não sei se tem alguém aí. Eu só quero pedir perdão. Perdão! Perdão por causar tanto sofrimento à minha menininha. Eu só queria a felicidade dela. Perdão, Maria.

Ao pronunciar o nome da filha, Helena soube a quem deveria endereçar aquelas palavras. Ela mergulhou novamente em sua bolsa e começou a se maquiar.

— Eu sei o que tenho que fazer e será do meu jeito: em cima do salto – disse enquanto pegava um vidro de perfume – e com umas gotinhas de Chanel nº 5.

CAPÍTULO 10

Quando chegou em casa, Helena encontrou Maria rindo no sofá com os seus pais. Perguntou-se quando os viu assim anteriormente, quando foi a última que fez isso com os próprios pais ou os seus três filhos. Foi Bia quem anunciou sua chegada.

— Maria, nós precisamos conversar. Venha, por favor, até o meu quarto.

A garotinha a seguiu, sentindo um friozinho na espinha pelo que estava por vir. O quarto da mãe era gigante: um ambiente com a cama, outro com poltronas e a televisão, o closet e o banheiro com hidromassagem. As crianças pouco entravam ali, porque Helena odiava bagunça.

— Sente-se, por favor – colocando-se de frente para a filha – Nós precisamos esclarecer vários pontos. Em primeiro lugar, hoje você gritou comigo. Você já me viu gritando com os seus avós?

— Não, mamãe.

— Pois este foi o primeiro e o último dia em que você gritou comigo. Isso não se repetirá nunca mais. Entendeu?

— Sim, mamãe.

— O segundo ponto é que você não pode esconder de mim onde vai e com quem vai. Sei que não fez nada de errado com Dona Risoleta, mas isso não pode se repetir. Eu sou responsável pela sua segurança, preocupo-me com você e até aqui, dentro desses muros altos, há riscos. Entendeu?

— Sim, mamãe.

— Pois bem. Em terceiro lugar, você ainda é uma criança e, acima de tudo, minha filha. Dessa forma, além da sua segurança, eu me sinto responsável também pela sua felicidade. Esse sempre foi o meu objetivo – para você e para mim. Eu sou muito feliz com o seu pai, Maria. Quando o conheci, um arrepio correu todo o meu corpo. Ele era bonito, inteligente, respeitava minha opinião e me apresentava um mundo novo. Casei-me com ele e conquistei tudo o que sonhei – inclusive você e os seus irmãos. Quando penso que um dia você não estará mais debaixo dos meus cuidados, não consigo imaginar outra forma de continuar te protegendo, além de te entregar em matrimônio para um homem de boa índole, como aconteceu comigo. É isso o que eu desejo para você, é isso que eu quero para você, mas não sou uma ditadora. Tento te educar para que atraia o melhor, mas sei que não posso te obrigar a nada. A sua palavra prevalecerá no final.

Maria até esfregou os olhinhos para ter certeza de que aquelas palavras estavam mesmo saindo da boca da sua mãe.

— Sinto muito que você tenha sentido a necessidade de esconder algo de mim. Até se tornar adulta, contudo, a minha decisão deverá ser respeitada e seguida, mas isso não quer dizer que você não tem voz. Você tem. E você deve usá-la, ainda que não saia vitoriosa das situações. É com diálogo que vamos nos entender e envelhecer juntas. Eu prometo te escutar e, quando não estiver de acordo, explicar melhor os motivos pelos quais você terá que fazer o que quero. Logo, você também precisará confiar em mim. Chegará o dia em que o controle da sua vida será todo seu. Até lá, você precisa me dar uma chance e confiar que faço o meu melhor pelo seu melhor. Entendeu?

As lágrimas escorriam pelo rosto de Maria, enquanto a mãe se mantinha forte e impassível. Helena tirou do bolso um papel amassado.

— Essa é a carta que a Giovanna escreveu a pedido da avó.

Ela leu a carta pausadamente, sem se deixar tomar pela cólera de outrora. Ao final, disse à filha:

— Dona Risoleta tem razão, Maria. Você pode ser como Amelia – pode ser aviadora, pode se casar, pode ser o que quiser. Seu destino não está em jogo agora. Nesse momento, a sua única responsabilidade é se dedicar aos estudos e brincar. Não cresça antes da hora! Não veja problemas aonde não existem. Converse comigo. Entendeu?

— Sim, mamãe – disse a garotinha, limpando o nariz na manta caríssima que Helena havia comprado em Paris.

— Finalmente, amanhã eu vou te buscar na escola. Seus irmãos voltam com o motorista, enquanto eu e você vamos para outro compromisso.

Maria ficou intrigada.

— O quê? Que compromisso?

— Vamos almoçar juntas e depois visitar Dona Risoleta no hospital. Eu já combinei tudo com a Giovanna.

Maria pulou de alegria no pescoço da mãe e a cobriu de beijinhos.

— Obrigada, mamãe, obrigada.

Helena, deliciada com a espontaneidade da filha e o desfecho da crise, emendou:

— Só que temos uma missão até lá. Precisamos comprar um presente para a Dona Risoleta em retribuição pelas histórias. Alguma ideia?

Maria torceu a boca e os olhinhos e, com aquele semblante sapeca que a mãe tentara reprimir no passado, disse:

— Tenho. Mas a gente precisa de muito papel colorido.

Mãe e filha foram à papelaria comprar os itens necessários, enquanto os avós foram incumbidos de pedir pizza. A família teria naquela noite um jantar nada convencional para aquela casa. A surpresa de cada um só não era maior do que a diversão em viver, juntos, aquele momento.

CAPÍTULO 11

No dia seguinte, Maria correu para contar à Professora Letícia a conversa que tinha tido com a mãe e o programa que fariam naquela tarde.

— Eu finalmente vou ver a Dona Risoleta! Será que ela se esqueceu de mim, professora?

— É claro que não, Maria. Tenho certeza de que você será o melhor remédio para a recuperação dela.

A menina abraçou com toda a força a professora. Letícia sentiu instantaneamente uma transfusão de amor correr pelo seu corpo. Beijou a testa daquela aluna tão amada e a mandou para o pátio brincar.

— Agora vá se divertir. Sua mãe foi bem clara sobre as suas responsabilidades: estudar e brincar. A vida fica chata demais quando fica muito séria – profetizou a professora, cutucando a pontinha do nariz de Maria.

Mãe e filha foram almoçar em um restaurante atípico naquele dia. Ficava do outro lado da cidade, em um bairro onde Helena não pisava há muitos anos. Mostrou para Maria a escola onde foi bolsista, a humilde casa onde cresceu e o local onde um dia funcionara a quitanda do pai. Levou-a no melhor restaurante da redondeza, reservado a ocasiões especiais durante a sua infância. Dos preços às opções do cardápio, tudo era bem diferente do que Helena tinha em casa e os pais estavam acostumados. A família vestia a melhor roupa que tinha no armário e lá comemorava geralmente o aniversário da filha.

— Era como se uma vez por ano meus dois mundos – o que vivia com meus pais e o que eu queria ver – se fundissem em um só. Era o meu momento de voar e curtir a vida entre as nuvens.

Ao chegar ao hospital, a dupla foi recebida por Giovanna, que deu um longo abraço em Maria, como se já a conhecesse há muito tempo e estivesse há uma década sem vê-la.

— Minha avó não exagerou: você é mesmo linda! – disse a moça alta, com uma faixa azul no cabelo.

Dona Risoleta havia sido preparada para aquele encontro. A família e os médicos preocuparam-se com os efeitos da descarga de emoção que a visita poderia provocar. Ao final, renderam-se aos argumentos de Giovanna.

— Tenho certeza de que, se a deixássemos escolher, ela não hesitaria. Vovó sempre se alimentou de histórias e essa tornou-se uma das mais importantes da sua vida.

Maria não estava acostumada a circular por hospitais. Estranhou o cheiro e a agitação dos corredores. Nutriu secretamente um medinho de como Dona Risoleta estaria. Chegou a suar frio antes de entrar no quarto, mas logo se soltou ao ver a velha senhora sentada, de camisa florida, maquiada e com seus inseparáveis anéis gigantes.

— Ora, mas não fique aí parada, menina! Ou você veio brincar de estátua no hospital?

Era ela mesma!

"Mandona e desbocada!", pensou Maria, que se aproximou da cama e disse:

— Mas o que são esses tubos todos? – perguntou, ao ver a medicação e o soro injetados no braço da senhora, além do oxigênio em seu nariz.

— É só uma manobra dos médicos para que eu fique forte mais rápido.

— E dói?

— Às vezes, mas não muito. Nada que uma mulher não possa suportar – respondeu Dona Risoleta, piscando para a menina. Ela ainda olhou para Helena – Obrigada pela visita. Será que a minha neta poderia lhe oferecer um café, um chá ou qualquer outra coisa que esse hospital tenha?

A mãe de Maria não se lembrava de outra ocasião em que aquela senhora havia lhe dirigido a palavra. Mal se recordava da sua voz, para falar a verdade.

— Obrigada. Eu e a Maria acabamos de almoçar, um almoço somente de meninas, não é mesmo, filha?

A garotinha confirmou com a cabeça, ainda encantada com a situação inusitada.

— Ficamos felizes em vê-la bem, Dona Risoleta. – Helena sentiu vontade de agradecer-lhe pelo que tinha feito, mas não encontrou palavras – Trouxemos uma lembrancinha feita especialmente para a senhora. Cadê, Maria? Mostre!

A menina aproximou algo volumoso, coberto por um lençol, da cama.

— O que é isso? – perguntou intrigada a senhora.

Enquanto Giovanna filmava discretamente o encontro, a mãe de Maria a ajudou a desembrulhar o presente. Uma gaiola branca com vários origamis de diferentes cores voando. Dona Risoleta, que parecia conhecer o dicionário de cabo a rabo, ficou sem palavras por alguns minutos.

— Você que fez, menina?

Maria, em posse da própria voz, disse:

— Sim! A mamãe comprou tudo que eu precisava. A Dona Yoko, do quinto andar, me ensinou a fazer origamis de vários tipos. A avó dela ensinou para a mãe dela, que ensinou para ela, que ensinou para a filha e para mim também. Ela sabe fazer um monte de bichinhos, mas eu gosto dos passarinhos. Eu fiz primeiro os brancos, mas falei para a mamãe que a senhora gostaria mais dos coloridos. Eu não sei se no Japão eles são sempre brancos, mas o Salvador me mostrou que lá no condomínio eles são diferentes – cor diferente, tamanho diferente, canto diferente.

— Muito bom! – disse Dona Risoleta, enquanto Giovanna aplaudia e Helena disfarçava sua emoção – Só faltou uma coisa nessa sua explicação toda.

Maria ficou intrigada. O que seria?

— Olhe bem para a gaiola. Não se lembra?

A menina examinou sua obra de arte de cima a baixo. Buscou apoio na mãe, que torceu os ombros, também sem saber o que dizer. Giovanna divertia-se com a situação.

— Não tem porta – sussurrou Dona Risoleta – Parece que um passarinho voou, não é mesmo, Maria?

Pela primeira vez, aquela senhora pronunciou o nome do presente que a vida havia lhe mandado. O encontro durou mais de uma hora. Terminou a pedido da equipe médica, uma vez que Dona Risoleta já havia se emocionado o suficiente. A instalação de Maria foi muito elogiada e ela chegou até a dar autógrafo para uma enfermeira.

Na saída, mãe e filha esbarraram na família de Pedrinho, o nadador do prédio. Seu irmãozinho estava internado por virose. Enquanto os adultos conversavam, o garotinho contou para Maria sobre a competição vencida e a viagem que faria nas próximas férias.

— Meu pai prometeu que vou conhecer o Michael Phelps. Ele é o maior nadador do mundo de todos os tempos!

Pedrinho compartilhou com a amiguinha o que pretendia dizer ao ídolo e tudo que planejava fazer durante aquela viagem. Maria ficou tão empolgada quanto ele.

— Você tem que tirar muitas fotos. Eu quero saber como é tu-do!

Pedrinho não só concordou como também fez uma revelação:

— Já pensou como seria legal se você também fosse? Seria bem mais divertido...

Naquele momento, diante da ideia inesperada do amigo, o coraçãozinho de Maria deu uma acelerada e um arrepio correu pelo seu corpo. Lembrou-se da conversa com a mãe na noite anterior, do que ela sentiu quando conheceu o seu pai. Com a simples recordação, ela foi tomada novamente pela emoção. "Será que, no final, eu sou mesmo menina pra casar?", pensou.

Quando o mundo parecia ter entrado nos eixos, complicou tudo de novo.

AGRADECIMENTOS

Da autora - Obrigada à Letramento, em especial ao Gustavo Abreu, por acreditar na Maria da mesma forma que eu. É um presente enorme encontrar um parceiro assim. Obrigada à minha família por respeitar os meus sonhos, manias e escolhas "fora da caixa". Obrigada por tanto amor. Obrigada aos amigos que me incentivaram e me suportaram com a sua generosidade. Obrigada a todos os professores desses 40 e tantos anos. Obrigada, São Gabriel, por me proteger e me guiar na jornada da escrita. Obrigada, sempre, por tudo e por tanto.

Da ilustradora - Muito obrigada à Tati R. Lima, por acreditar que eu, aos 15 anos, poderia ilustrar um livro tão importante para as meninas dessa nova geração. Obrigada à Letramento que apostou no projeto. Muito obrigada à minha família por apoiar minha arte; meus avós Zé e Jacy, que sempre me incentivaram; e principalmente à vó Marcia, que me ensina muito.

- editoraletramento
- editoraletramento.com.br
- editoraletramento
- company/grupoeditorialletramento
- grupoletramento
- contato@editoraletramento.com.br
- editoraletramento

- editoracasadodireito.com.br
- casadodireitoed
- casadodireito
- casadodireito@editoraletramento.com.br